Cuentos de la tradición oral maya

Desde las aguas

Julio Serrano Echeverría * Marielle Che-Novak

AMANUENSE®

LA CIUDAD BAJO LAS AGUAS

Don Rodolfo era un señor callado, tranquilo. Sonreía discretamente y trabajaba mucho don Rodolfo. En el pueblo todos le conocían porque siempre caminaba silbando por las calles. Tenía un gran talento para silbar, imitaba a los pájaros, imitaba a las flautas e inventaba hermosas melodías.

Era un pescador don Rodolfo, y también silbaba cuando iba a pescar. Había quienes decían que así llamaba a los peces; otros decían que era su forma de calmar al viento cuando soplaba fuerte y agitaba su barca. Pero lo que todos sabían con certeza era que sonreía, trabajaba mucho y le gustaba silbar. Ese era don Rodolfo.

Pero un día desapareció don Rodolfo. Estaba su cayuco, estaba su red, estaba incluso su sombrero, pero no estaba él. Nadie escuchó más su silbido.

Estaba su casa vacía, siempre llena de luz, pero vacía. Estaba una manzana que había mordido en la mañana. Pero él no estaba.

Se empezó a hablar de don Rodolfo: «Se habrá perdido en la montaña»; «Se ha de haber ahogado en el lago»; «Se ha de haber ido caminando por ahí sin rumbo», decía la gente del pueblo que los primeros días se quedó muy en silencio para ver si escuchaban el silbido. Pero no se escuchó nada.

Pronto el pueblo empezó a olvidar a don Rodolfo; se dejó de hablar de él.

Pasado el tiempo, algunos pobladores escucharon silbidos a lo lejos, en las madrugadas, justo antes de que saliera el sol. Y empezaron a decir que era el espíritu de don Rodolfo que estaba espantando, y hasta hubo quienes dijeron verlo de lejos, aunque no estaban seguros.

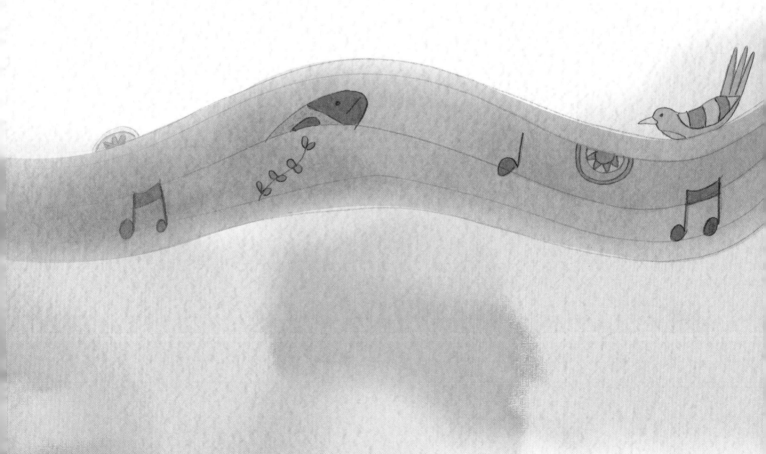

Hasta que un día apareció don Rodolfo caminando en la madrugada, antes del amanecer. Lo encontraron unos jóvenes pescadores y no parecía un espanto, no parecía un muerto, ni lucía cansado o perdido.

Los jóvenes pescadores se quedaron mudos por un buen rato.

Estaba muy sonriente don Rodolfo, silbaba y se había
dejado el bigote.

—Ahora vivo en el fondo del lago —les dijo—. Hay una
ciudad allí y un día encontré el modo de entrar. Me costó
más encontrar la salida, por eso me tardé tanto en volver.

—Allá, en la ciudad bajo el lago —seguía contando don Rodolfo—, allá fabricamos estas telas —y sacó de un bulto varias telas hermosas y coloridas que brillaban con la luz tenue de la mañana, las mostró a los pescadores y luego a sus familias.

Todo el pueblo llegó a saludar, entre asustado y feliz. Todo el pueblo estaba ahí viendo a don Rodolfo, que no estaba muerto, ni estaba perdido; andaba trabajando, como siempre lo hizo.

Desde entonces hay quienes dicen que cierto tipo de tela hermosa y colorida viene de la ciudad bajo las aguas, de ahí donde trabaja don Rodolfo. Y cuando se escucha un silbido musical a lo lejos, ya sabe la gente del lago que por ahí viene un viejo amigo que antes era pescador y que ahora trae las telas que brillan a la luz del amanecer.

EL LAGO VIAJERO

Cuando uno va bajando al lago de Atitlán, a veces se ve un brillo especial que sale de dentro de las aguas. El sol se refleja en el fondo del lago como si allí hubiera un tesoro.

Cuando uno se acerca al lago se da cuenta de que las piedritas bajo el agua brillan hermosas, parecen joyas. Pero cuando se sacan del agua, son grises, opacas. La magia está dentro del agua. Dicen que es una cuestión de lealtad.

Las piedras son las compañeras de viaje del lago. Vienen de muchos lugares, por eso tienen distintos colores, tamaños y texturas. Viajaron desde lejos con el lago.

Y es que resulta que el lago tiene una larga historia de viajes y aventuras.

Hace muchísimo tiempo, en el tiempo de los abuelos más antiguos, el lago fue formándose con agua de muchos ríos, con agua de muchas lluvias, agua que bajó de la montaña, que nació de la tierra, de muchos lados vino el agua del lago.

Antes, mucho antes de estar acá, el lago estaba en otro lado. Estaba en un lugar más alto, entre otras montañas, más al occidente. Ahí, cuando era más joven, pasó hermosos días frescos, días despejados, pero noches muy frías; durante varios meses del año amanecía congelado.

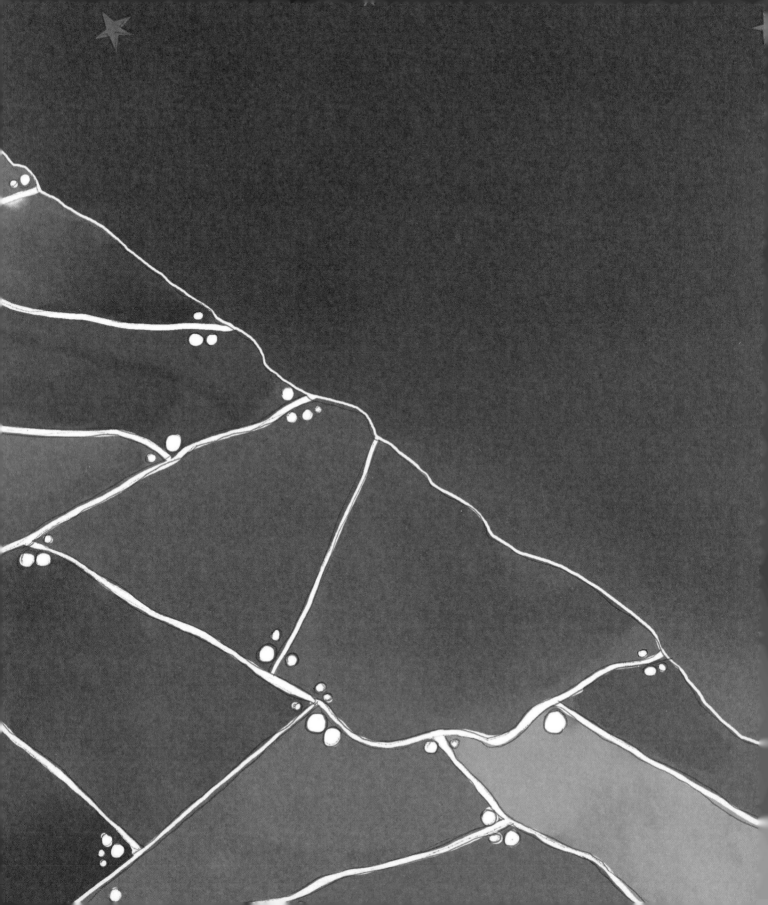

Le gustaba ver las estrellas, le gustaba sentir la
brisa fresca en la mañana, pero se cansó del frío
y decidió colarse entre las piedras, a través de
la arena volcánica. Pasó por debajo de grandes
montañas, en medio de profundas cuevas, y así
se llevó piedras de la montaña, piedras oscuras,
porosas, piedras que parecían carbón.

Y bajó el agua del lago hasta el sur, donde la tierra es más caliente. Ahí era distinto, todo el tiempo estaba con el agua tibia y por la noche, templadita. Durante el día los animales, los niños, hasta las plantas se lanzaban al agua del lago para refrescarse; alegre era, pero también muy caluroso. Terminaba hecho una sopa, sopa de niños, de animalitos y plantas. Se cansó del calor.

Entonces se coló entre la arena, buscó otra vez las venas de los volcanes para volver a subir con la energía de la Tierra a un nuevo lugar. No eran las altas montañas ni las tierras bajas las del lago, tampoco eran las cavernas subterráneas por las que se pasó viajando.

Quería el lago un poco de todo lo que había vivido, un poco de la frescura de las montañas, un poco del calor de la costa, un poco del viento de las cuevas, de las venas de los volcanes. Fue así como llegó a Sololá, *Tz'olojya'*, que dicen los abuelos que también significa «volverse agua», «regresar al agua». Llegó al fin el lago a donde quería estar.

De esos viajes que hizo nuestro lago, de esos viajes
vienen las piedritas, de las altas montañas, de las
cálidas costas, de las cuevas vienen las piedritas que
brillan bajo el agua; tienen muchísimos años y por
eso tienen muchas formas. Ellas son las guardianas
de la memoria del lago, sus compañeras de viaje,
sus pequeños tesoros.

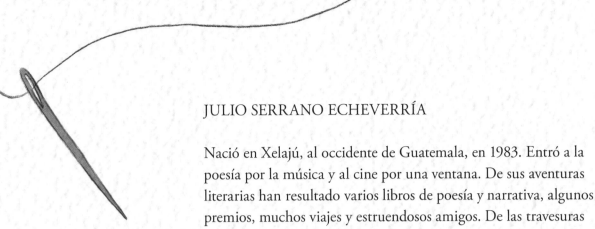

JULIO SERRANO ECHEVERRÍA

Nació en Xelajú, al occidente de Guatemala, en 1983. Entró a la poesía por la música y al cine por una ventana. De sus aventuras literarias han resultado varios libros de poesía y narrativa, algunos premios, muchos viajes y estruendosos amigos. De las travesuras audiovisuales, un par de documentales, cortometrajes de ficción y videos experimentales. Ha publicado con Amanuense *En botas de astronauta*, *Balam*, *Lluvia y la casa* y la trilogía de libros de tradición oral maya: *Desde los orígenes*, *Desde el tiempo de los abuelos* y *Desde las aguas*.

MARIELLE CHE-NOVAK

Ilustradora y diseñadora gráfica guatemalteca con una clara pasión por la temática indígena. Actualmente dedica su tiempo a realizar proyectos que aporten a la educación infantil. Reside en Estados Unidos de América donde promueve con gran orgullo los colores de su tierra natal.

AMANUENSE®

Publicado por:
Amanuense, SRL
Uruguay
contacto@amanuense.online
www.amanuense.online

Segunda edición 2018
Desde las aguas,
cuentos de la tradición oral maya
© 2018 Amanuense, SRL
ISBN: 978-9974-8632-8-6

Primera edición 2014
ISBN: 978-9929-633-19-3
Primera reimpresión, octubre 2015
Segunda reimpresión, septiembre 2016

Adaptación: © 2014 Julio Serrano Echeverría
Ilustraciones: © 2014 Marielle Che-Novak

Editado en Uruguay
Printed in China